CARLOS MURCIANO

LAS MANOS
EN EL AGUA

EDITORIAL NOGUER, S.A.
Barcelona-Madrid

Séptima edición: noviembre 1987
Cubierta e ilustraciones: Fuencisla del Amo
RESERVADOS TODOS LOS DERECHOS
(C) Carlos Murciano, 1980
(C) Editorial Noguer, S.A., Paseo de Gracia, 96, Barcelona, 1981
ISBN: 84-279-3337-1
Depósito legal: B-36.207-1987
Impreso en España por Gráficas Ródano, S.A.
Noi del Sucre, s/n., Viladecans (Barcelona)

A mis ahijados,
Carlos, Isabel María, Juan,
y María de las Nieves

> «*Pájaro del agua,*
> *¿qué cantas, qué encantas?*»

Juan Ramón Jiménez

La hoja de begonia

Tenía la hoja prendida con dos dedos por el pequeño tallo rojizo: grande, acorazonada, como de terciopelo al tacto. El filo dentado era de color verde, pero el resto lucía un morado oscuro, que en el nervio central se volvía carmín. Dora le había dicho de aquella maceta que se llamaba «capa de San Pedro», pero la abuela, sonriendo, le había dado otro nombre: begonia. La hormiga corría sobre la hoja como enloquecida, como si la hubiesen enviado a hacer un encargo y temiera no llegar a tiempo; pero alcanzaba el borde y tornaba atrás, apresurándose, girando sin cesar, como cuando en la plaza las niñas danzaban de la mano o, sueltas, se perseguían.

A Mudy, de pronto, le dio pena de la hormiga; pensó que llegaría tarde a esa reunión, a esa tienda, a ese parque,

a esa plaza, porque era seguro que a algún sitio de esos se dirigía, tal era su prisa. Así que dejó la hoja en el suelo y la hormiga bajó de ella, tomó el senderillo de arena, saludó a dos, tres, cuatro que venían en dirección contraria y se perdió entre las raíces de la adelfa.

Desde la puerta de la casa, Dora gritó:

—¡Niña! Ven a desayunar.

Dora se negaba, como la abuela, a llamarla Mudy. Ocho años atrás, la vieja criada había sido la primera en tener entre sus brazos a la recién nacida. La abuela dijo: «Se llamará Violeta», y nadie se atrevió a contradecirla; su hijo, el padre de la criatura, andaba todo emocionado y abrazaba a su esposa, para la que había mandado traer una gran maceta de hortensias. Por entonces, vivían en la ciudad y todo marchaba bien, no como ahora.

Ahora vivía con su abuela, y con Dora, y con Marta, la doncella. Dora tenía el pelo blanco y Marta, en cambio, muy negro. Dora vestía unas largas faldas grises y Marta unos cortos vestidos celestes, con pulcro delantal almidonado. Dora había sido guapa; Marta lo era. La abuela también había sido muy guapa, y en el retrato grande de la sala estaba como una reina, sentada en un sillón dorado, mirando a quien la miraba con sus bellos ojos azules; en la mano tenía un abanico, y una piedra violeta en el dedo corazón de la mano derecha. A Mudy le gustaba contemplarla en silencio, cuando tras alguna travesura venía a descansar a la sala, a su penumbra sosegadora.

Hacía ya dos meses que Mudy vivía con la abuela. Su padre la trajo desde la ciudad, en el coche grande; apenas le había hablado durante el camino, que se pasó fumando, encendiendo los cigarros con un botón colocado junto al volante, el cual, a poco de apretarlo, saltaba solo con una chispa prendida en su centro. A Mudy le divertía aquello, pero a pesar de todo se había aburrido bastante. La abuela se había afincado definitivamente en el campo, en una hermosa casona rodeada de árboles y flores; cerca, quedaba un bosquecillo de pinos y, al otro lado, estaba el río resbalando hacia el mar, que se veía, grande y verde, desde la colina de la Mora. Mudy había ido allí una vez, con Marta, y era tan hermoso —la lámina brillante del mar, la raya de plata del horizonte, los campos como dibujados con

lápices de muchos colores y el río claro
entrándose en las olas— que se quedó
casi paralizada y Marta se echó a reír,

aunque también se le hizo como un nudo en la garganta.

La tarde en que su padre llegó con ella se encerró con la abuela en la biblioteca, y estuvieron allí una hora. Después, su padre no quiso quedarse a cenar, sino que subió al coche y se marchó. La abuela estuvo muy cariñosa, pero tenía los ojos tristes, y mientras Dora sirvió la cena, movió muchas veces la cabeza de un lado a otro; luego la miraba y sonreía, pero Mudy comprendió que no estaba contenta, que lo hacía para que ella no se disgustase.

Dora volvió a gritar:

—¡Niña!

Y Mudy tomó del suelo la hoja de begonia y se acercó a la casa. La mañana era soleada y olía a tierra húmeda, recién regada. Dora levantó el dedo índice:

—No se debe arrancar la capa de San Pedro —amenazó, pero Mudy le dijo que había sido el viento de ayer el que la arrancara, y Dora rió, y le trajo el tazón hu-

meante de leche, el blando bollo tostado;
y Mudy advirtió que tenía hambre y que,
como tantas otras veces, se había olvidado de ello, jugando en el jardín.

El mudito loco

La primera noche que Mudy pasó en casa de la abuela, durmió de un tirón. El viaje la había cansado y Dora le preparó la habitación amarilla, que era la que tenía la cama mejor. Mudy llamaba así a la que ahora era su habitación, porque todo en ella tenía el color del botón de las margaritas, el color del sol, el color del trigo, el color del canario de Abel, el jardinero: una colcha amarilla, un dosel amarillo, una alfombra amarilla, una banqueta amarilla, una cortina amarilla. A la mañana siguiente, Mudy abrazó a la abuela con entusiasmo:

—Es una habitación preciosa, abuela.

—Me alegro mucho, Violeta.

Mudy se quedó de una pieza. La había llamado Violeta y ese no era su nombre.

—Ese no es mi nombre, abuela. Yo me llamo Mudy.

—¿Cómo?

La abuela casi se levantó de la butaca donde hacía croché con una fina aguja dorada:

—Tú te llamas Violeta Quintero de la Torre y Staremback. Violeta, sí, como tu bisabuela.

—Abuela, ese nombre que has dicho es largo y horrible.

—¿Horrible? Tienes un nombre y unos apellidos preciosos.

—Pero a mí me gusta más Mudy.

—¿Y eso qué es?

—Verás, abuela...

Mudy se detuvo, como si buscara las palabras apropiadas. Siempre que se ponía seria, el dedo índice de la mano izquierda presionaba el puente de oro de sus gafas, fijándolas mejor sobre su nariz. Dora, en la puerta, el plumero en la mano, escuchaba con atención.

—Cuando yo era chica...

—¿Cuando tú eras chica? ¿Cómo eres ahora?

—Soy muy mayor, abuela. Tengo ya ocho años. Y le subo dos dedos a Rosa, que tiene nueve.

—¿Quién es Rosa?

—Rosa es mi amiga, la sobrina de don José.

—¿Qué don José?

—El médico. Pero si me preguntas tantas cosas no podré decirte lo de mi nombre.

—Pues dime lo de tu nombre, anda.

—Verás, cuando yo era chica hablaba mucho.

—Como ahora.

—No, más. Lo preguntaba todo, así, como tú me has preguntado.

—Mira qué bien.

—Yo decía «Mamá, ¿dónde está papá?», y ella me contestaba: «En la oficina», y yo: «¿Qué es la oficina?», y ella: «Donde trabaja», y yo: «¿Qué es trabajar?», y ella: «Hacer cosas», y yo: «¿Qué cosas?», y ella...

—Y yo y ella y tú... Pareces un lorito.

—Eso me decía mamá, y luego se lo contaba a papá todo, y papá se reía, y me hacía preguntas para que yo se las hiciera a él. Entonces me puso «el mudito loco».

—¿Qué?

—El mudito loco.

—Me parece una barbaridad, pero en todo caso sería «la mudita loca».

—No, eso no tiene gracia.

—Mira qué bien.

—Y como era muy largo, me llamaba Mudy. Ese es mi nombre.

Mudy tiró de la medalla que llevaba colgada al cuello y la mostró a la abuela: en el anverso tenía, en relieve, una flor; en el reverso, cuatro letras: MUDY.

—¿Quién te regaló eso?

—Papá.

—Menos mal que se le ocurrió poner una violeta.

—Claro, abuela, no iba a poner una rosa. Era un regalo para mí, no para Rosa.

—¿Quién es Rosa?

—Mi amiga, la sobrina de don José.

—¿Qué don...? ¡Dora! Llévate a esta niña al jardín, por favor. Tengo ya dolor de cabeza.

—Hasta luego, abuela. Y que te alivies.

Mudy besó a la abuela y salió, de la mano de Dora, hacia el jardín. El sol rebotaba por los parterres, como un rubio globo de feria.

La cabaña escondida

Abel, el jardinero, acogió a Mudy con simpatía. Era un hombrecillo de ojos vivos, laborioso y silencioso; una colilla de puro colgaba siempre, apagada, de sus labios, quizá para mantenerlos cerrados con más facilidad. Mudy le miraba igualar el seto con unas grandes tijeras, o regar los arriates, o barrer el césped con un rastrillo de púas flexibles, o echarle de comer al canario amarillo que guardaba en su caseta. Ella no decía nada, y a Abel le agradaba esa callada y devota admiración. Pero cuando tomó confianza, cuando quiso saber el porqué de tal injerto, la razón de tal poda, el nombre de cada flor y cada planta, los posibles hijos de Abel y, sobre todo, cuando se empeñó en que el afanoso floricultor le explicara con detalle lo que le había pasado con su hermano Caín, Abel se fue a la abuela y le dijo, la gorra entre las manos y la mirada baja, algo así como «o yo o la niña». La abuela le aconsejó que el *yo* debía ponerse siempre detrás, y que era más apropiado decir «o la niña o yo», cosa que Abel no entendió; pero lo que la abuela pretendía era calmarlo con su charla y con una copa de anís que le llenó de una botella escarchada que guardaba en el aparador, detalle que el jardinero agradeció, enternecido. Así que, a la hora de la merienda, la abuela recomendó a su nieta que hiciera honor al nombrecito que le colgaba del cuello y que, por lo que a Abel concernía, enmudeciese.

El lance pareció afectar a Mudy, que buscó nuevos horizontes para sus correrías. Y un mediodía cruzó los pinos y, descendiendo la suave ladera, alcanzó la orilla del río. Bajaba el agua clara, con un rumor como de cristal, y se detenía un instante en los juncos, en las raíces del sauce que parecía ofrecerle su lacia cabellera verde, en las menudas cañaveras; pero en verdad no se detenía, y sólo era como un engaño, como un guiño, pues que seguía corriendo siempre, y bastaba fijarse en una hoja flotando o arrojar una ramilla, para ver cómo se perdía poco después en el recodo de la roca rajada.

Mudy estuvo un buen rato contemplando el río, hasta que se decidió a atravesar el puente de piedra que la dejó en la otra orilla; era un puente viejo, con madreselvas entre las grietas, y una higuera silvestre, sabe Dios cómo nacida allí y fruteciendo. Siguió Mudy un senderillo que, partiendo a la derecha del puente, se metía en un pinar más espeso que el vecino a la casona, y por ello más umbrío. Fue entonces cuando comprendió que se había alejado demasiado, y comenzó a sentir escalofríos; pero anduvo y anduvo, despacio, curioseándolo todo, viendo escapar a la ardilla, descubriendo —pardo en el tronco pardo— al camaleón, sintiendo el voletío de la tórtola, mansa y asustadiza. Hasta que divisó la cabaña: una gruesa haya casi la ocultaba, pero de su chimenea salía una nubecilla de humo, que se perdía, lenta, en el cielo. Nada más vio la niña, nada oyó. Y regresó, aprisa ahora, pero prometiéndose volver, averiguar quién vivía allí, como a escondidas.

Temía la regañina, pero tuvo suerte. La abuela andaba de limpieza y la casa toda estaba patas arriba, «manga por hombro», como decía Dora, sin que Mudy supiera por qué.

Marta se había anudado un pañuelo a la cabeza, y parecía la brujita buena de un cuento de hadas. Sonrió a Mudy cuando ésta subió la escalera y se encerró en su cuarto.

Le latía el corazón
en el pecho como
un pajarillo temeroso,
y tenía las mejillas
sofocadas. Pero
había merecido la pena.

Pedro, el gigante

Al día siguiente, Mudy anduvo son-
sacando a Dora, tratando de saber algo
acerca del morador de la cabaña. Eran
preguntas astutas, desviadas, «¿por aquí
cerca no vive nadie?», «¿estamos solos?»,
«¿qué hay más allá del puente?», hasta
que Dora picó el anzuelo:

—Sí, estamos solos y muy a gusto.
Bueno, cerca sólo vive Pedro, el leñador,
pero no cuenta, porque está chiflado.

—¿Chiflando?

—No, chiflado.

—Mi padre chifla.

—¿Qué dices, niña?

—Que mi padre sabe chiflar, mejor que Pedro.

Dora la miró de arriba abajo, sin saber qué decir. La casa seguía revuelta, los muebles fuera de sitio, las paredes rezumando cal nueva, y ella no podía gastar su tiempo en conversaciones extrañas, que siempre acababan confundiéndola. Puso las manos en los hombros de la niña y la animó a marcharse:

—¿Por qué no juegas a algo? —Y le volvió la espalda.

Mudy echó a andar hacia los pinos, cruzó el puente y tomó el camino del día anterior. «La cabaña sigue ahí», fue lo primero que pensó; pero de su chimenea no salía humo y el silencio era aún mayor. Caminó con cuidado, bordeó el árbol corpulento y se acercó; la puerta, de tosca madera, estaba cerrada, si bien una de sus ventanas permanecía entreabierta; cuando acostumbró sus ojos a la penumbra, vio un camastro, una mesa, un largo banco, una chimenea apagada, ollas, cacerolas, peroles, dos hachas, un montón de leña, una chaqueta agujereada, dos tazas; y polvo, ramas, cáscaras de algo, ceniza. Mudy remiraba todo aquello, como fascinada, cuando una bronca voz resonó a su espalda:

—¿Quién es usted?

Se llevó un susto de aúpa, porque no había sentido el menor ruido. Al volverse vio a una especie de gigante, con barba blanca, sombrero haldudo y altas botas, de cuyo cuello colgaba una gruesa cadena plateada. Repitió:

—¿Quién es usted?

A Mudy se le había pasado ya el susto. Por otra parte, era la primera vez en su vida que le hablaban de usted, lo que le producía una tremenda satisfacción.

—Yo soy Mudy. ¿Y tú?

—¿Qué quiere usted?

La voz seguía siendo bronca, hosco el gesto. Mudy miró al hombrón a los ojos:

—No me has dicho cómo te llamas.

Parpadeó éste, desconcertado:

—Me llamo Pedro. ¿Y usted?

La niña le tendió la mano:

—Ya te lo he dicho: Mudy. ¿Cómo estás?

El gigante parecía cada vez más perplejo; acabó tendiendo también su manaza y apretando la de la niña.

—Bien, ¿y usted?

De pronto, reaccionó con violencia. Casi gritó:

—¿Quién es usted y a qué ha venido?

Dos verderoles volaron espantados de un arbusto próximo. Mudy presionó el puente de sus gafas con el dedo índice de la mano izquierda, y habló con dulzura:

—Pedro, gigante, como seas, ¿hasta cuándo vas a estar preguntándome quién soy? Me llamo Mudy, vivo con la abuela en la casona del otro lado del río y he venido a verte. Y no dés más gritos, que asustas a los pájaros.

Pedro abrió la boca y no dijo nada.

Avanzó hasta la cabaña, empujó la puerta y luego la cerró tras de sí. Mudy permaneció inmóvil. A poco, le vio asomar la cabeza por la ventana:

—¿Quiere usted entrar?

—Claro que quiero entrar —dijo Mudy, y empujando a su vez la puerta se coló en la cabaña.

La piña de plata

Pedro se dejó caer pesadamente en el banco. Mudy se sentó también, aunque en el otro extremo. Pasó el hombre la mano por los ojos, manoseó su barba, murmuró:

—Usted dirá.

Mudy imitó su cansancio; seriamente, sin burla. Se quitó las gafas, restregó un poco sus ojos, acarició su barbilla.

—¿Diré qué?

—Lo que quiere.

—Y dale. Yo no quiero nada. He venido a visitarte. Me gusta tu cabaña, pero voy a tener que limpiarla. Está sucia.

—Eso a usted no le importa.

—Claro que me importa. No me gusta la suciedad. Ni a la abuela tampoco. Por eso está de limpieza.

—¿Quién?

—La abuela.

—¿Y qué tengo yo que ver con la abuela y con sus limpiezas?

—Tú, no; pero yo, sí.

Pedro no entendía nada.

Abría los ojos y

miraba a la niña, mitad enfadado, mitad divertido. Se alzó.

—¿Quiere café?

—Yo tomo leche, pero lo probaré.

El hombrón arrimó un fósforo a la chimenea, abrió una despensilla y sacó una cafetera ennegrecida, que puso al fuego. Mudy le miraba hacer, mover su corpachón de un lado a otro de la pequeña estancia, buscar dos tazas descascarilladas, dejarlas en la mesa. Un grato olor llegó a su naricilla, cuando Pedro tomó la cafetera humeante y vertió un poco en las tazas. Ofreció luego a Mudy un terrón de azúcar.

—¿Y tú?

—Yo lo tomo solo. A usted le gustará más con azúcar.

—Claro.

Estaba rico. El café estaba rico y Mudy sintió en el estómago un grato cosquilleo.

—Gracias, Pedro. Mañana volveré a tomar café contigo.

—¿Y quién le ha dicho a usted que yo mañana...?

Pero Mudy no le oía. Había bajado del banco y hurgaba entre los cachivaches, curioseaba los rincones.

—Mañana habrá que empezar la limpieza. Hay que sacudir el polvo, fregar los cacharros, barrer...

Pedro se rascó la cabeza. De repente, dio un puñetazo en la mesa, y una de las tazas rodó por el suelo.

—¡No necesito limpiar! ¡Estoy muy bien así!

—Ya estás gritando otra vez. Y casi rompes una taza, gigante.

—¡Yo no soy un gigante!

—Si sigues gritando, mañana no volveré a tomar café contigo.

—Pues no...

—En vez de gritar, ¿por qué no chiflas?

—¿Qué?

—Que chifles. Me gustaría oírte. Dora dice que siempre estás chiflando.

—De acuerdo. Chiflaré mañana. Y ahora márchese usted. Debo trabajar.

—¿En qué trabajas?

—En mis cosas.

—Igual que papá.

—Igual.

Mudy se dispuso a salir. Y, al alzar la vista, vio, en una repisa, una piña. Parecía pintada con purpurina, porque brillaba con reflejos metálicos.

—Oh, es una piña preciosa. ¿Es de plata?

—¿Usted qué cree?

—¿Quieres regalármela?

Pedro tomó la piña en la mano. La lanzó al aire varias veces, mientras parecía meditar. Sonrió por vez primera:

—De acuerdo. Usted gana.

—¿Qué gano?

—La piña.

—¿Es mágica?

—Por supuesto.

—Oh, Pedro, eres muy bueno. Te daré un beso.

Pedro parpadeó, confuso. Luego alzó a la niña y se dejó besar en la mejilla.

—Hasta mañana, Pedro.

—Que usted lo pase bien.

Mudy fue hasta la puerta, la abrió y anduvo hasta el sendero. Se volvió, dijo adiós levantando los brazos y, la piña bien apretada en su puño derecho, corrió hacia el puente, hacia la casa, encendida y feliz.

El pájaro del agua

Esta vez las cosas no le fueron tan bien a Mudy. La abuela había notado su falta y andaba preocupada, aguardándola. Cuando la vio llegar, la interrogó, seria.

—¿Dónde has estado?

—Dando un paseo.

—Mira qué bien. ¿Has cruzado el puente?

—Sí.

—Te prohíbo que vuelvas a hacerlo. Puede ocurrirte cualquier cosa.

Mudy, las manos a la espalda, no replicó. La abuela seguía observándola.

—¿Qué tienes ahí?

Mudy adelantó su mano derecha, y en ella la piña.

—¿Quién te ha dado eso?

—La encontré.

Pero Mudy no sabía ni quería mentir.

—Me la dio Pedro.

—¿Has visto a ese loco?

—No es un loco. Es un hombre muy bueno. A veces grita, pero en seguida se le pasa. Además, es mi amigo.

La abuela frunció el ceño:

—Estoy muy disgustada por lo que has hecho. Y ahora ve a tu habitación y arréglate para bajar a comer.

Era la primera vez que la abuela le reñía, y Mudy se puso muy triste. No comprendía, por más que lo pensaba, qué podía haber hecho de malo en su paseo matinal, en su encuentro con Pedro. De todas formas, puso la piña en su mesilla de noche e hizo lo que la abuela le ordenara; aunque había perdido el apetito y apenas si tomó un poco de sopa y un racimo de uvas.

A la siguiente mañana, guardó la piña en el bolsillo de su delantal y, tras prometer a la abuela que no atravesaría el puente, se encaminó hacia el río. Estaba el agua más transparente que otras veces y se podían ver con nitidez los guijarros del fondo, alguna ramilla, alguna ranilla, algún pez fugaz y viajero. Mudy se sentó en las raíces del sauce, y extrajo la piña del bolsillo. Una mariquita roja y negra se detuvo en una hoja, y la niña la contempló con asombro, tan pulida, tan brillante, tan pequeña. Fue entonces, cuando Mudy dudaba si atrapar o no al ani-

malillo que movía sus élitros, cuando inició su canto el pájaro del agua.

Era como una flauta. No. Como un cascabel. No. Como una campanilla repiqueteando. No. Como un chorro cristalino borbolleando en un vaso, en la taza de una fuente. Mudy lo vio, naranja y oro, o blanco, como un copo de nieve cayendo, o de plata, sí, de plata viva y vibradora. Cantaba el pájaro, muy dulcemente, dentro del agua, fuera del agua, dentro de Mudy, fuera de Mudy, en sus oídos y en sus ojos, en sus labios y en su corazón. Y la niña se miró en el agua y lo vio allí, y se vio allí, la misma y distinta, en tanto el pájaro salía y entraba de la roca rajada, pero no se movía de Mudy, de su lado y su sombra. La piña rodó por el suelo, y Mudy hundió, lentamente, las manos en el agua. Y el agua se abrió, se hizo a ambos lados, igual que cuando se descorre una cortina.

El corredor azul

Delante de Mudy se extendía un hermoso corredor azul: azules eran su techo, su suelo y sus paredes, mas no de un azul tirante, frío, sino blando y mullido, casi esponjoso. Mudy no lo dudó, y comenzó a caminar por él; daba gusto pisar aquella espuma, rozar aquellos muros que eran como una caricia. Poco a poco, el corredor se ensanchó, hasta desembocar en un salón: había cuadros en las paredes, sillones amplios, una consola con caracolas y conchas, un piano; y todo azuleaba, todo tenía el mismo color, pero no fatigaba, no aburría. Mudy observó que uno de los cuadros era igual que el de la sala de la abuela: ella estaba allí, mirándola con sus ojos ahora más azules, pero el sillón dorado era una jaula, el abanico un ratoncillo, y la piedra violeta un racimo de uvas. La luz del salón venía de su centro, de una especie de antorcha apoyada en un candelabro; observándola, Mudy comprendió que se trataba de un pez. Como adivinando su pensamiento, el pez-antorcha habló:

—Buenos días.

—Buenos días, señor —respondió Mudy, y el pez-antorcha pareció muy satisfecho por el tratamiento.

—¿Cómo has llegado hasta aquí?

—Por el corredor azul, señor.

—Qué niña tan educada. ¿Cómo te llamas, Mudy?

—Me llamo Mudy. Pero ¿usted cómo lo sabe?

—Porque acabas de decírmelo, hija. ¿Te gustaría tocar un nocturno para mí en ese piano?

—¿Un qué?

—Es una lástima que no sepas. Me encantan los nocturnos. Puedes sentarte.

Mudy se sentó en el filo de un sillón y vio en frente tres puertas cerradas, con los números 1, 2 y 3 dibujados en ellas.

—¿A dónde da la puerta número 1, señor?

—Al corredor azul.

—¿Y la número 2?

—Al corredor azul.

—¿Y la número 3?

—Sabía que me preguntarías eso. No sé si debo decírtelo, pero lo haré si me prometes que guardarás el secreto.

—Prometido.

El pez-antorcha bajó la voz:

—Da al corredor azul.

A Mudy le entraron ganas de reír,

pero se contuvo. El pez-antorcha parecía muy serio, y se dedicaba ahora a avivar su llama, que se elevó más luminosa.

—¿No se cansa usted, señor?

—¿Por qué iba a cansarme? Es un trabajo muy divertido. Además, no tengo tiempo, porque no paro ni un momento.

—¿De qué?

—De alumbrar.

—Eso ya lo veo. Y es una luz muy linda, señor.

—Qué niña tan educada. ¿Vendrás a visitarme otro día?

—Con mucho gusto, señor.

Mudy no se había fijado en el gran reloj azul que quedaba a su espalda. Se volvió al oír como un carraspeo, y el reloj comenzó a desgranar campanadas. Mudy las contó: veintinueve. No recordaba haber oído antes tantas campanadas en un reloj. El pez-antorcha parecía ahora muy alterado:

—Uf, son las veintinueve. Es ya muy tarde.

—¿Para quién, señor?

—Para ti, hija. Tienes que regresar. El corredor azul se cierra a las treinta. He tenido mucho gusto en conocerte.

—Igualmente.

—Y ahora, adiós. Ten cuidado por qué puerta sales, no vayas a extraviarte.

—Gracias, señor.

Mudy regresó por donde había venido. Y, de repente, se vio otra vez sentada en las raíces del sauce. El pájaro del agua no cantaba ya, y Mudy se apresuró a recoger su piña, que estaba a punto de caer al río. Pensó que le contaría su aventura a Marta pero ésta se reiría de ella; a Dora, pero Dora diría que estaba muy ocupada para oír tales cosas; a la abuela, no, que supondría que el corredor azul estaba al otro lado del puente. Era mejor callar, procurar no hablar de aquello. Y volver otro día, a ver si el pájaro del agua despertaba con ganas de cantar.

El país de las lágrimas

«¡Es tan misterioso el país
de las lágrimas...!»
Saint-Exupéry

El tiempo parecía no haber pasado, porque cuando Mudy volvió a casa, la abuela se sorprendió de verla tan pronto.

—Así me gusta, que no haya que esperarte —le dijo, mientras ella corría a encerrarse en la habitación amarilla. Todo el día anduvo la niña dándole vueltas a su aventura, pero la emoción no le quitó el sueño. Durmió profundamente aquella noche y, a la hora del desayuno, comió con mucho apetito. La abuela la envió a buscar un ovillo de hilo que guardaba en el cajón de su cómoda, con tan mala fortuna para la niña que, al cerrarlo, se pilló un dedo. Fue muy fuerte el dolor, y Mudy, durante un buen rato, no pudo contener el llanto. Dora y Marta y la abuela vinieron a consolarla, y le hicieron meter el dedo varias veces en un tarro de alcohol de romero. Hasta que el dolor se alivió, y Mudy pidió permiso para dar su paseo.

Con la piña de plata en el bolsillo, se encaminó hacia el río. Le escocían los ojos, porque el sol estaba alto y muy limpio el cielo, y los tenía irritados de las lágrimas. Sentada junto al sauce, todos los acontecimientos del día anterior se repitieron: cantó el pájaro, hundió la niña las manos en el agua y volvió a extenderse ante ella el corredor azul. Pero, recorrido un buen trecho, Mudy pudo comprobar que el salón ya no estaba; en su lugar se abría una pradera cubierta de flores cuajadas de rocío. Todo era muy claro y a la vez

muy turbio, como si estuviese contemplado a través de un cristal, como si estuviese reflejado en un espejo antiguo, de luna manchada.

Junto a un pinabete, Mudy descubrió una cigüeña. De sus ojos fluía el llanto, y de los de la liebre que había a su lado, y de los de la llama que había al lado de la liebre y de los del guepardo que había al lado de la llama.

—Señora cigüeña, señora liebre, señora llama, señor guepardo, ¿qué os sucede?

Los cuatro animales miraron a la niña desde su llanto, y respondieron a coro:

—¡Qué nos va a suceder! —y siguieron llorando.

A Mudy comenzó a entrarle también mucha pena; y en esto vio venir a una pareja formada por el topo y la corneja; el topo lloraba, la corneja lloraba y, tras ellos, a unos pasos, seguía el pez-antorcha, a quien el llanto había apagado la llama y en su lugar alzaba un copete de humo que olía igual que la alhucema.

—Señor topo, señora corneja, señor pez-antorcha, ¿qué os sucede?

Los tres miraron a la niña y señalaron una silla de manos que portaban tras de ellos cuatro osos panda. Dentro, cerradas las puertas, corridos los visillos, se veía una sombra.

—El baicural está enfermo —dijo el pez-antorcha, mientras con un pañuelo de seda trataba de secar sus lágrimas.

—¿Y quién es el baicural, señor? —volvió a preguntar la niña.

—El baicural —intervino uno de los osos panda, dejando la silla de manos en el suelo— es el soberano del País de las Lágrimas, en el que ahora te encuentras. A lo mejor puedes tú curarlo —añadió.

—Claro que sí —exclamó Mudy, y sin pensarlo dos veces abrió la portezuela. Reclinado en el asiento de terciopelo corinto, entre almohadones, pálido y pequeñito, estaba el baicural. Tenía cabeza de tortuga, cuerpo de gato y patas de paloma; sus ojos eran dos cuentas de vidrio, y resultaba notable ver cómo lo curioseaban todo, desde su inmovilidad.

—¿Quién eres tú? —preguntó el baicural con una vocecita de muñeca andadora. A Mudy le recordó la suya, y esto le dio mayor confianza.

—Soy Mudy, señor.

—Llámame Excelencia.

—Excelencia, vengo a curarle.

—Mi mal no tiene cura. Sólo un ser humano podría conseguirlo. Y tú no pareces de esa especie. Mudy presionó con el índice de la mano izquierda el puente de sus gafas, y se quedó pensando si tomar las palabras del baicural como un insulto o como un cumplido. Pero reaccionó pronto, y cogiendo la medalla que llevaba al cuello la colocó en la cabeza del soberano del País de las Lágrimas. Al instante, abandonó éste el asiento, dio la mano a Mudy y bajó de la silla-trono. Todo se veía ahora mucho más turbio, mucho más claro, y Mudy comprobó que las lágrimas de los presentes cambiaban de color, y el baicural iniciaba unos pasos de danza en verdad lacrimosos. Así que Mudy hizo una reverencia y se retiró por donde había venido; pero la cigüeña, que ahora lloraba mucho mejor, le hizo una seña:

—Llegarás antes por el atajo.

Y Mudy se encontró al pie del sauce, la piña de plata entre las manos. Y el pájaro del agua aún cantaba en el remoto esquinazo de la calima.

El trabalenguas

Dos días después, Mudy se decidió a hablar con la abuela.

—Quiero ir a ver a Pedro, abuela. Le prometí que lo haría y debe estar muy triste.

—Mira qué bien.

—Abuela, tú siempre dices eso, pero no está bien, sino mal.

—¿Qué está mal?

—Pedro. Está muy solo y no tiene amigos.

—Puede ocurrirte algo.

—No hay ningún peligro, abuela. Además, te prometo que volveré en seguida.

La anciana no quería ceder, pero era tal la determinación de Mudy, que acabó haciéndolo.

—De acuerdo. Ve, saluda a Pedro y vuelve.

—¿Puedo llevarle un pedazo de pastel?

—Llévaselo.

Mudy metió un trozo de pastel de manzanas en una cestilla y besó a la abuela.

—Pareces una Caperucita sin caperuza. Espero que no hagas caso al lobo.

—No hay lobos, abuela. Sólo pájaros —dijo, y salió de la casa.

Mudy iba feliz, casi corriendo. Cuando avistó la cabaña, el humo en la chimenea, el corazón le latió más aprisa. Estaba el hombrón a la puerta, y se quitó el sombrero:

—A la noche, chichirimoche, y a la mañana, chichirinada —dijo.

Mudy se detuvo:

—¿Es una fórmula mágica?

—Algo así.

—No he venido a verte, porque me lo prohibieron.

—¿Ya no?

—No. Y te traigo pastel de manzanas. ¿Te gusta?

—Ya no me acuerdo. Vamos a ver si me gusta.

Pedro tomó el trozo de pastel y lo tragó de un bocado. Se relamió:

—Está exquisito.

—Hombrón hambrón —dijo Mudy.

A Pedro le entró una risa terrible y se sujetaba el vientre con las dos manos. Mudy reía también, hasta que Pedro sacó del bolsillo una especie de silbato. Era un canuto con agujeros, tallado a navaja y roto en la parte inferior.

—Chafé la chifla, ¿sabe usted? Pero con la chifla chafada chifla el chiflador chiflado.

Mudy quiso repetirlo:

—Con la chafla chifada... Con la chifa chaflada...

Pedro comenzó otra vez a reír, y Mudy desistió de hilvanar el trabalenguas, riendo también. Luego se asomó a la cabaña:

—Todo está igual.

—Claro, quedó usted en que lo arreglaría.

—Y lo haré, pero hoy no puedo. Prometí a la abuela que volvería en seguida.

—De acuerdo. Salúdela de mi parte. Y llévele esto.

Pedro fue detrás de la cabaña y volvió con una flor sorprendente: tenía cinco pétalos, uno amarillo, otro azul, otro rojo, otro blanco y otro rojiblancoazulamarillo, todos ligados a un botón negro central, suave, como de felpa. El tallo era largo y firme.

—¿Cómo se llama esta flor?

—Es el trabalenguas. Nace las noches de luna lena.

—¿Y eso qué es?

—Como la luna llena, pero al revés.

—¿La no luna?

—Eso. Cuando la luna se va a alcahuetear.

—¿Alcaqué?

—Alcaparrón.

—Pedro, me estás tomando el pelo.

—¿Yo?

Mudy cogió la flor, la puso con cuidado en la cestilla, besó a Pedro, que se inclinó en una reverencia, y echó a andar por el sendero. El dedo en el puente de sus gafas, pensaba que este Pedro era distinto del que ella conociera el primer día. No gritaba, no estaba triste. Le había hecho una reverencia, y había tenido un detalle precioso con la abuela. Sabía que la abuela nunca habría visto una flor como la del trabalenguas. Mudy se detuvo, con intención de contemplarla, pero en el interior de la cestilla no había nada.

—La he perdido —susurró compungida. Y desanduvo el camino, despacio, sin hallarla. De la cabaña de Pedro le llegaba el silbo de la chifla, y Mudy supo que esa música la había oído antes. Pero no tenía tiempo de pararse a pensar dónde, o la abuela se enfadaría otra vez.

Alicia Siwel y
el enano amarillo

Aquella mañana, Mudy bajó al jardín. Desde la ventana había visto florecer el pacífico, y su flor acampanada y roja la fascinaba. De su centro surgía, erecto, un bastoncillo del mismo color, en cuyo final se arremolinaban algo así como alfileres de cabeza dorada, rematados por otros cinco botones de terciopelo rojo más oscuro. Debía ser una flor dulce, porque las hormigas se ponían en fila para entrar y salir de su corola, en una alegre procesión incesante. Pero aquella flor tan perfecta, abierta desde la amanecida, se plegaba y moría al anochecer, y esto aumentaba el apego que la niña sentía por ella, mezcla de admiración y de pena. Contemplándola estaba cuando vio venir a Abel; Mudy le dio los buenos días y se apresuró a desaparecer camino del río. Poco después se adentraba de nuevo por el corredor azul.

Esta vez desembocó en una plaza pequeña. Había acacias cargadas de flor blanca y dos naranjos colmados de fruto. Un grupo de zorros plateados jugaba a la rueda, mientras, sentada en un banco y abstraída, bordaba una hembra de mandril; las rayas azules de su nariz producían reflejos metálicos, en tanto se afanaba sobre el bastidor que sujetaba con las rodillas.

—¿Juego? —preguntó Mudy a los zorros plateados, pero éstos no la oyeron, y siguieron girando cada vez más velozmente. Entonces descubrió Mudy a la araña negra, y se sobresaltó casi igual que la araña negra al descubrir a Mudy.

—¿Quién eres? —preguntó el animal con su vocecita peluda.

—Soy Mudy, ¿y tú?

—Yo soy la araña negra. Tanto susto.

—El susto es mío —replicó delicadamente Mudy, y una y otra se echaron a un lado para dejarse pasar. En ese instante fue cuando irrumpieron en la plaza Alicia Siwel y el enano amarillo. Mudy la reconoció en seguida, aunque nunca la viera antes. Alicia Siwel apoyaba su mano derecha en el hombro del enano amarillo, y miraba hacia delante, con los ojos perdidos.

—Hola, Alicia Siwel.

—Hola, Mudy.

El enano amarillo, cuya piel, ropa y gorro eran de ese solo color, se inclinó ante Mudy, a lo que ésta correspondió con una graciosa flexión de rodillas, mientras sostenía prendidos con la punta de los dedos los extremos de su falda. Mudy advirtió que Alicia Siwel estaba ciega.

—Pero...

—No importa. Veo a través del enano amarillo. Acércate y mírame a los ojos.

Mudy lo hizo, y Alicia Siwel siguió hablando:

—Dentro de tus ojos veo un río que pasa, una flor roja, una piña de plata, una cabaña muy bonita, una hoja de begonia. Veo también al enano amarillo.

Mudy se dio cuenta de que el enano amarillo había desaparecido súbitamente, y lo sintió andar por debajo de sus párpados. Por un momento, toda la plaza tomó su color, y Mudy se acordó de su habitación, y pensó que si un día el enano amarillo la visitaba, sería muy difícil distinguirlo, aislarlo de muebles y paredes. Pero otra vez estaba él en su sitio, junto a Alicia Siwel, que preguntaba:

—¿Y tú qué ves en mis ojos?

—No veo en tus ojos, veo por tus ojos como si fuesen ventanas. Veo un cielo muy azul, y unas nubecillas como de algodón; veo volar el águila pescadora y el ánade rosado y la pajarita de las nieves.

Alicia Siwel parpadeó:

—¿Y ahora qué ves?

—Veo el mar y las olas y un barco de vela; veo muchas gaviotas cruzándose y

entrecruzándose, y una niña como tú, con tus mismos tirabuzones y tu mismo vestido, soltando una cometa.

—No es una niña como yo, Mudy, soy yo.

—Pero esa niña no es ciega.

—Yo tampoco lo soy. Acércate y mírame a los ojos.

El enano amarillo comenzó a impacientarse. Sacó un gran reloj de bolsillo y comprobó la hora:

—Son las veintinueve. Y a las treinta cerrarán el palacio.

—¿Qué palacio?

Miró el enano amarillo a Mudy con extrañeza, casi con enfado.

—¿Cómo haces esa pregunta? ¿No sabes de qué palacio hablo?

Alicia Siwel intervino, conciliadora:

—Mudy ha sufrido amnesia pasajera.

Mudy abrió la boca. Necesitaba que alguien le explicase lo que ella había sufrido, pero el enano amarillo tiraba ahora con fuerza del hilo amarillo de la cometa amarilla, y Alicia Siwel palmoteaba, contenta. Ni uno ni otro advirtieron que el águila pescadora arrebataba a Mudy de la plaza y en un vuelo perfecto la depositaba al pie del sauce, balbuceante aún y divertida.

Ofelia y el cisne

Aquella noche, Mudy soñó con el enano amarillo: lo vio correr de un lado a otro, como buscando algo que había perdido; parecía preocupado, y de vez en cuando se quitaba el gorro y se rascaba la cabezota monda y lironda. Mudy pensó que acaso se trataba de Alicia Siwel, pero no podía preguntárselo, pues aunque articulaba las palabras, su voz no se oía. En esas andaba, cuando apareció el tapir comedor de sueños y empezó a masticar el paisaje por el que deambulaba el enano amarillo; lo hacía muy despacio, ahora un negrillo, ahora una sabina, ahora un pino, un pedazo de vereda, un macizo de flores, una mata de albahaca, y el enano amarillo tuvo que detenerse, al faltarle espacio, con lo cual el tapir se puso a masticar sus pantuflas puntiagudas, husmeándolas antes con su nariz en forma de trompa. Mudy contó los dedos de sus patas delanteras —cuatro— y los de las traseras —tres—, y sumó sólo catorce, cosa que le resultó estupenda; y allí despertó. Encima de la banqueta amarilla, creyó ver al enano amarillo, sin pantuflas, por supuesto, pero no se distinguía bien, por el color y porque aún andaba adormilada, así que restregó sus ojos y volvió a abrirlos, pero en la banqueta ya no había nada, nadie.

Mudy se dispuso a bajar en seguida al río, para averiguar qué le había sucedido a Alicia Siwel; mas la abuela la tuvo ocupada toda la mañana, pues quiso que la ayudara a limpiar la plata —las bandejas, los candelabros, los ceniceros...—, y luego que le adornara las esquinas de una servilleta con punto de cruz, cosa que a Mudy se le daba muy bien. Atardecía, pues, cuando llegó al río. La luz del sol era ahora muy suave, de un rosa lento y limpio, y al pájaro del agua le temblaba el poniente en la garganta. Mudy vio venir, al son despacioso de la corriente, en ella recostada y flotando, una muchacha hermosa, de largas trenzas rubias, que lucía alrededor de su cuello guirnaldas de ranúnculos y velloritas; tras ella, albo y majestuoso, bogaba un cisne. La muchacha cantaba con voz muy dulce:

> *Su barba era blanca nieve,*
> *su cabeza como el lino...*

Al acercarse a Mudy, se detuvo y parpadeó.

—¿Quién eres? —le preguntó Mudy.

—«Sabemos lo que somos, pero no lo que podemos ser», —contestó la doncella flotante.

El cisne se aproximó a la orilla. Susurró:

—Es Ofelia.

—Yo soy Mudy.

—Te conozco. Ella también, pero lo olvida a cada instante.

—«Dicen que la lechuza era hija de un panadero», —afirmó Ofelia, mirándola. Y añadió, cantando de nuevo:

Mañana es día de San Valentín...

El agua, ahora, se la iba llevando. Volvió el rostro hacia Mudy:

—«Aquí hay romero; es para el recuerdo...; y aquí hay violetas, para los pensamientos... Aquí tenéis hinojo, y aguileñas; aquí tenéis ruda... Podemos llamarla hierba de gracia de los domingos»...

Mudy no entendía nada, pero se estaba poniendo triste. El cisne lo advirtió:

—No tengas tristeza. Ella navega y dice su copla cada vez que el crepúsculo tiene el color de hoy. Nunca se hunde. Y es feliz.

—¿Y tú para qué la acompañas?

—Para evitar que se le empape su vestido de leda.

—Será de seda.

—Será, si tú lo dices. Pero si el vestido se le empapase, se hundiría.

El cisne alisó con el pico su pluma impoluta.

—Adiós, Mudy. Volveremos cuando la primavera se salga de su cauce y el arroyo de los helechos no se esconda en el mohedal.

—No os comprendo, cisne, ni a ti ni a Ofelia. Pero si volvéis, estaré aquí, esperando.

Río adelante, iban Ofelia y el cisne, rumbo al recodo de la roca rajada, cuando Mudy sintió que le tocaban en la espalda. Giró, y se quedó muda de asombro.

La muchacha estrella

«Por cara tengo la luna,
por cabellera un cometa...»
Rafael Alberti

—Mudy muda —oyó decir, y a conti-
nuación llenó el aire una risa de cristal y
campana.

—¿Quién eres? —pudo balbucir, al fin.

—La muchacha estrella. Me sorprende
que no me reconozcas, habiéndome visto
tantas veces.

Mudy pensó que eso era tan verdad
como mentira. La había visto muchas veces,
sí, pero era la primera vez que la veía. La

muchacha estrella tenía la luna por cara, luna llena y suave, enmarcada, como melena incandescente, por la cauda de un cometa; su pecho lo formaban dos nebulosas; sus dedos, veinte centellas; su espalda, la Vía Láctea, inmensa y titilante; pero todo en ella resultaba proporcionado y armonioso; miraba tiernamente, y cuando reía era lo mejor, porque se desencadenaba una música como de xilofones, como de clavicémbalos pulsados en el rincón más solo de la sala más íntima del castillo más viejo. Mudy no sabía nada de esto, y lo sabía; con la muchacha estrella ocurría que todo estaba por descubrir, pero resultaba familiar y a la mano, como de siempre.

—Mis hermanas no han podido venir. Te piden disculpas.

Mudy, turbada, porque se lo había dicho con una reverencia, ensayó el saludo que le hiciera al enano amarillo: flexionó las rodillas, mientras prendía su falda con la punta de los dedos, cosa que la muchacha estrella agradeció visiblemente.

—No recuerdo el nombre de tus hermanas —se atrevió a confesar.

—Debes sufrir amnesia pasajera. Son la muchacha flor y la muchacha toro.

—¡Claro! — exclamó Mudy, que seguía sin saber lo que sufría.

La muchacha estrella volvió a reír, y la cabellera se le encendió de repente.

—Yo estoy en el centro de las tres adivinanzas. Por eso puedo salir y entrar con más facilidad que ellas. Además, mi trabajo es más fácil.

—¿Por qué?

—Porque mi hermana mayor debe estar siempre aromando; y mi hermana menor, atravesando como un rayo los corredores del entresueño.

—Conocerá al tapir.

—Sí, pero el tapir no la molesta. Teme verla enfurecida.

—¿Y tú?

—Yo sólo debo alumbrar.

—Como el pez-antorcha.

—No, más. Yo no puedo apagarme, porque no volvería a encenderme.

—¿Tus hermanas no alumbran?

—No. Mis hermanas deslumbran, pero por dentro de la memoria.

La muchacha estrella se había sentado junto a Mudy y la cabellera se le desparramó por la yerba. Era como si el cielo se hubiese desplomado sobre la tierra, en esa hora unánime de la sonochada.

—¿Y la piña de plata?

Mudy se sobresaltó, y miró en torno.

—Un día vas a perderla —siguió diciendo la muchacha estrella. Hurgó en uno de sus bolsillos, la sacó y la entregó a Mudy.

—Guárdala. Ella guarda la otra tú.

Mudy tomó la piña y la apretó en su mano. Así fue cómo se encontró caminando hacia la casa. El atardecer se había detenido, pero allá arriba, en el azul terso, una estrella le hacía guiños, con gesto cómplice. Supo que era la muchacha estrella, pero no distinguió el olor de la muchacha flor, ni oyó el desbocado galope de la muchacha toro, pese a que ambas la iban escoltando, manteniéndose a su lado hasta que Marta apareció por el sendero y avivó el paso de Mudy con su voz desenfadada.

Pedro y las aves del bosque

Cuando la abuela decidía hacer rosquillas, la cocina era una fiesta. Dora y Marta iban y venían, ayudándola, y Mudy se subía a una silla y lo miraba todo sin perder puntada. La abuela se ponía un blanco delantal almidonado, de peto con volantes, recogía las mangas de su blusa, y sus manos delgadas se movían con ritmo, preparando la masa —el aceite, la nata, la harina, la matalahúga...—, tenue y esponjosa. Hechas ya, las espolvoreaba con azúcar fino, y las ponía en una fuente celeste, en mitad del aparador. Mudy exploraba el terreno con cuidado y hacía rápidas incursiones, de las que salía con triple botín, como el estornino aceitunero: una rosquilla en cada mano y otra entre los dientes. Pero en esta ocasión se contuvo, porque había planeado llevarle un puñado a Pedro, su amigo glotón. Y así se lo expuso a la abuela.

—Quiero llevarle unas rosquillas a Pedro.

—Mira qué bien.

—Me alegra que te parezca bien. ¿Me las preparas tú o las preparo yo?

—Para, para... Tú dices melón, y tajada en mano, ¿verdad?

—Melón, no, abuela. Rosquillas.

—¿Y Pedro qué te da a ti?

—La piña de plata. ¿Te parece poco?

—¡Qué va! Me parece muchísimo —aseveró la abuela, y comenzó a poner rosquillas en una bandejita de cartón. Luego las metió en una bolsa.

—Tú siempre al revés que Caperucita, ¿eh? En vez de llevarle cosas a la abuelita, se las pides para regalarlas.

—Te traje el trabalenguas, pero desapareció.

—¿El trabalenguas?

—Era una flor preciosa. Pedro sabe dónde crece.

—Y desapareció, ¿eh? Mira qué bien.

—Mira qué mal, abuela. Era un regalo de Pedro para ti.

—De todas formas, dale las gracias. Siempre es un detalle que te regalen flores, aunque éstas desaparezcan.

—Se las daré de tu parte, abuela.

Mudy se plantó en la cabaña en un santiamén. Pedro, en la puerta, las manos a la espalda, miraba hacia los árboles. Vio a Mudy, y se le acercó, complaciente.

—¿Cómo está usted?

—Muy bien, Pedro. Y te traigo una sorpresa.

Pedro olisqueó la bolsa, sacó la bandeja, y dejó caer en su bocaza una, dos, tres, cuatro, cinco, seis, hasta siete rosquillas.

—¡Hmmmmmmm! —dijo, masticándolas—. Buenísimas.

—Las ha hecho la abuela.

—Un día de éstos iré a felicitarla.

—¿De verdad? —A Mudy no se le había ocurrido que Pedro pudiera visitar a la abuela, pero le pareció una gran idea. Repitió—: ¿De verdad? La abuela se pondrá muy contenta.

Ahora, quien dijo «¿De verdad?» fue Pedro, y empezó a reír, mientras se sujetaba el vientre con las manos. De pronto, guardó silencio. Susurró:

—Escucha.

Desde la fronda vino el grito de un ave: *qui-qui-qui-qui...*

—Es el gavilán macho. Habrá cazado un topillo o un gorrión, y llama a la hembra, para que vaya al desplumadero, y almuerce con él.

—Me dan pena el topillo y el gorrión.

—El bosque es así.

Mudy reaccionó de golpe:

—Pero ¿cómo sabes que es el gavilán?

—Escucha ahora —dijo Pedro. Se oía un croar, como de rana, y luego un silbante *psssip* de alto tono.

—¿Es una rana?

—No. Es la chocha perdiz. Mírala.

Volaba el ave, pausadamente, y se podía distinguir su largo pico, su plumaje encarnado.

—¡Pedro! Tú conoces a todos los pájaros —exclamó Mudy con entusiasmo.

—Claro. Son mis amigos. —Pedro se comió sin pestañear cuatro rosquillas más, dejó la bolsa sobre la mesa de la cabaña, y se dirigió a Mudy, decidido—. Venga usted conmigo.

Mudy le dio la mano y Pedro, tras vacilar un momento, la tomó, adentrándose ambos en el bosque.

—Mira —le dijo, a poco. Le mostraba un hueco en un árbol, por el que asomaban tres cabezuelas piantes. Con un insecto en el pico, un pájaro hermoso, como una llama, se les acercó. Era verde azulado, rojizo el dorso, veteado de negro.

—Es la carraca. Hace el nido en el hueco que ha dejado el pico carpintero.

—¿Y qué es un pico carpintero?

—Otro pájaro, que abre boquetes en las ramas gruesas, para anidar allí.

—¿Cómo?

—Golpeando con el pico. Cada doce golpes, se detiene. Le hablo del pico picapinos; porque está también el pito negro, que cuando tamborilea sobre un tronco puede oírse a más de dos kilómetros.

—¿Y cómo canta?

—*Choc-choc-choc.*

—¿Y qué come?

—Hormigas. Y cerezas.

—¿Le gustan las cerezas?

—Claro. Igual que a usted. Pero hay otro que lo que le gusta son los huesos de las cerezas: el picogordo. Los tritura y se come las semillas.

Habían llegado a un calvero. Mudy reparó en un pajarillo rojianaranjado, cruzado el pico, que extraía los piñones de una piña; a su lado revoloteaba otro, verdeamarillo.

—Mira, Pedro.

—Es la pareja de piquituertos.

—¿Y aquél?

Pedro contempló el rebujo de pluma parda que recorría en espiral la corteza de un quejigo.

—Ese es el agateador.

—¿También sabes cómo canta?

Pedro lo imitó: *tsii-tsii-tsii-siszi-tsii...* Mudy le miraba con admiración.

—Lo sabes todo.

—Eso quisiera. Mire usted allí, en el suelo, donde está el matojo seco.

—No veo nada.

—Mire usted bien. Allí está echado el chotacabras. Por las tardes se pone a ronronear y a cazar al vuelo mariposillas.

Mudy distinguió una mancha pardogrisácea, en el centro del matojo.

—Se camuflan así.

—¿Se qué?

—Se esconden, para que los cazadores no los descubran. Igual hace el reyezuelo, pero entre las ramas de los pinos.

Cruzó frente a ellos una avecilla tímida, con una mancha blanca en la nuca. Se posó en algún sitio próximo y lanzó desde allí su canto agudo y claro: *tsitiú-tsitiú-tsitiú-tsii-tsii-tsii...*

—Es el carbonero garrapino.

Regresaban. Pedro dijo:

—Otro día le enseñaré el nido del milano. Y el halcón abejero. Y el alcotán, que al volar parece un vencejo grande, pero que es enemigo de los vencejos. Y la

curruca. Y el papamoscas. Mire usted:
aquél es el colirrojo.

Mudy vio como un
fogonazo grana,
entre rama
y rama de
una encina.
—¡Oh, Pedro!
Lo he pasado
muy bien.
Tan bien,
que olvidé
limpiar la
cabaña.
Volveré
otro día.
—Cuando
usted quiera.

Mudy se empinó para besar a Pedro
en la mejilla y corrió en dirección al puente. Pedro gritó:

—¡Déle usted las gracias a la abuela
por las rosquillas!

Mudy se volvió, ya en el lindero, agitó

la mano, y desapareció tras un alto matorral. Por sus ojos revoloteaban las aves del bosque, en una mezcla de colores y de trinos, única e inolvidable.

El anillo de la abuela

«En ella y sólo en ella están ahora
los patios y jardines.»
Jorge L. Borges

Quiso que la abuela lo supiera. Quiso contarle aquella aventura pajaril, aquella excursión por el bosque, de la mano de Pedro; y fue a su habitación. Llamó, tenue, a la puerta.

—Adelante —dijo la abuela.

Mudy hizo girar el picaporte, y entró. Le encantaba estar allí, curiosear aquel mundo, pasar la mano por los muebles pulidos, por el edredón de pluma, por las

banquetas de terciopelo rojo, por el toca-
dor de mármol rubio, poblado de objetos
diminutos, palmatorias, porcelanas, per-
fumes. La abuela estaba frente a su escri-
torio de caoba —*secreter,* lo llamaba ella—:
en la parte superior, bajo la cornisa, tenía
un estrecho cajón, y muchos cajoncitos,
debajo; un tablero, al abatirse, los cerraba,
formando la mesa donde la abuela solía
escribir.

—Vengo de ver los pájaros del bosque:
la carraca, el piquituerto, el colirrojo...
Pedro los conoce a todos.

—Mira qué bien.

—...Y otro día me va a enseñar el alcotán y el papamoscas, y otros que no me
acuerdo.

—Acércate, hija, yo también quiero
enseñarte una cosa —dijo, con voz dulce,
la abuela. Tanteó en una de las paredes
interiores del secreter, y ésta se descorrió
sin ruido; ante el asombro de Mudy, la
abuela extrajo un estuche negro, y lo
abrió: dentro, destellando misteriosamen-

te, estaba el anillo de la piedra violeta, que a Mudy ahora le pareció rosa.

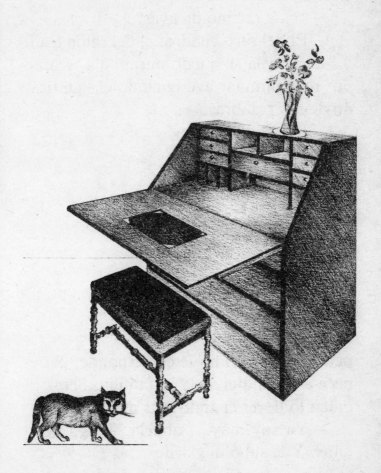

—Tiene un color distinto al del cuadro, abuela; y es mucho más bonito que el racimo de uvas.

—¿Qué racimo de uvas?

—El del otro cuadro: el del salón azul.

La abuela se quedó mirándola, y optó por no continuar averiguando el significado de sus palabras.

—Este anillo lo llevó mi bisabuela —dijo—; luego, mi abuela, mi madre, y yo. No he tenido hijas; sólo un hijo: tu padre. Pero a él no le corresponde; pertenece a las mujeres de la familia. Serás tú quien lo lleves cuando seas mayor.

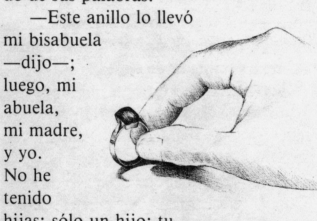

—Ya soy mayor, abuela. Tengo ocho años. Y le subo dos dedos...

—...A la sobrina de don José.

—¿Cómo lo sabes?

—Yo lo sé casi todo.

La abuela tomó el anillo y lo hizo girar. Chispeaba, fulguraba, luminoso.

—Es una esmeralda única. Las esmeraldas suelen ser verdes —le explicó—, aunque de muchos tonos. Las de verdor más intenso se hallan en Perú; y en Colombia, en un lugar llamado Muzo.

—Seguro que allí nació el moro Muza. Dora me ha hablado de él.

—Seguro. Y ahora ponte el anillo.

Mudy extendió su mano derecha y la abuela colocó en el anular la delicada joya.

—Se me sale del dedo, abuela.

—Cuando yo tenía tu edad me sucedía otro tanto. Pero mira: me encaja perfectamente. A ti te ocurrirá lo mismo cuando crezcas.

—He crecido mucho.

—Ya lo sé, hija. Pero crecerás más aún.

La abuela tomó el anillo y lo devolvió a su estuche y a su hueco. La pared volvió a cerrarse.

—Sólo tú sabes el sitio. Cuando yo falte, cógelo.

—¿Por qué vas a faltar, abuela?

La abuela puso la mano sobre la cabeza de la niña, y luego la atrajó hacia sí.

—Para abrir el rincón oculto, debes presionar sobre esta mancha de la madera. Hazlo.

Mudy probó, dos, tres veces, hasta que la pared cedió.

—Nadie debe conocer esto. Es un secreto entre tú y yo.

—¿Ni papá?

—Ni papá. Se lo dirás en su momento.

—¿Cuál es su momento?

—Lo sabrás sin que nadie te lo explique. Y ahora vete a jugar.

—¿Adónde?

—Al patio. O al jardín. Abel tiene hoy su día libre, así que no hay peligro —sonrió la abuela.

Mudy se miró en sus ojos azules, y comprendió que en ellos estaban ahora todos los patios y jardines del mundo.

—Desde hoy somos más amigas —dijo—. Tenemos un secreto.

—Es verdad.

—Otro día me tienes que explicar lo de los patios y los jardines.

—¿Qué?

Pero la niña salía ya de la habitación y bajaba a saltos las escaleras, rumbo a la mañana en plenitud.

Negranieve y
los siete gigantes

Cuando, al día siguiente, Mudy llegó al río, encontró que por la orilla se paseaba una pata negra escoltada por sus siete patitos. La pata marchaba de un lado para otro y todos corrían tras ella, haciendo *cuac* y picoteando el suelo, escondiendo al menos sus cabecitas en la yerba húmeda y olorosa; hasta que mamá pata se adentró en la corriente y su prole la siguió, hacia arriba, nadando sin esfuerzo, dejando sobre las ondas como una cinta de luto. Pendiente de ellos, Mudy no se había dado cuenta de que el pájaro mu-simágico había roto a cantar, así que se apresuró a hundir las manos en el agua y, al abrirse ésta, corrió por el corredor azul. Salió a un campo de altos girasoles mira-soles, que balanceaban sus corolas a impulsos del viento. Sobre aquella inmensa marea amarilla, Mudy distinguió hasta siete corpachones que se acercaban a ella.

—Vamos —dijo uno—, Negranieve te espera.

Y subiendo a Mudy sobre sus hombros, avanzó, seguido de sus compañeros, hacia el castillo que, al fondo de la llanada, desplegaba torreones y almenas, relucientes al sol sus mármoles negros. A su puerta, Negranieve la aguardaba. Su piel era como el azabache; sus labios, como la sangre; sus cabellos, como el ébano. Llevaba un espejo en la mano derecha, en el que se miraba a menudo. Pasó su brazo sobre el hombro de Mudy, y la hizo entrar.

—Tendrás hambre. Vamos a merendar —le dijo, y la condujo hasta un salón, en cuyo centro había una mesa rebosante de los más exquisitos manjares: frutas de todas clases, quesos, pasteles, tartas, mazapanes, bombones, rosquillas, natillas, helados... Había siete sillones enormes, para los siete gigantes, otro, más pequeño, para Negranieve, y una espigada silla a la que se encaramó Mudy. Negranieve fue presentando a los gigantes:

—Ese del pelo rojo es Atán; el de la barba rubia, Tolo; el barbilampiño, Kamor; a su derecha, los dos gemelos, Oraz y Zaro; el que está frente a ti es Ho, y el que se sienta a tu lado, con barba blanca, Bartaclamalcatrab.

Mudy aún no había despegado los labios, pero ahora lo hizo, y los puso en forma de o. Bartaclamalcatrab era igual que Pedro, era Pedro. Con la emoción de la llegada, no se había detenido a contemplarlo, pero podía hacerlo a su gusto.

—¡Pedro! —exclamó.

—¿Cómo? —dijo Bartaclamalcatrab y puso cara de asombro.

—Tú eres Pedro.

—Yo soy Bartaclamalcatrab, hacia delante y hacia detrás. Lo que es, es, y lo que no es, no es; si yo fuera lo que no soy, no sería lo que soy, luego si soy lo que soy, no puedo ser lo que no soy.

Los seis gigantes asintieron, y Mudy, confusa, cogió un helado de vino y pasas, y comenzó a saborearlo. Como si fuera la señal, todos se sirvieron en sus platos suculentas raciones de cada cosa, mientras Negranieve se limitaba a comer moras y a chupar de vez en cuando una barra de orozú. Mudy, que bebía un gran vaso de leche fría, se lo ofreció.

—¿Quieres?

La merienda se interrumpió de repente, y Negranieve se entristeció. Mudy también lo hizo.

—¿He dicho algo malo?

Ho la tranquilizó:

—Nada malo. Lo que ocurre es que Negranieve no puede beber leche, porque inmediatamente se transforma en Blanca-

106

nieves y aparece la bruja con la cinta y el peine y la manzana. Y como se trata de su bebida preferida, sufre mucho.

—Lo siento.

—Es mejor que lo levantes —dijo Ho, y todos corearon—: ¡Es mejor que lo levantes! —Por lo que Mudy se vio obligada a levantar el vaso por encima de su cabeza, antes de terminar de bebérselo.

Negranieve preguntó entonces a su espejo:

Espejito que me ves,
la más hermosa del reino,
dime, ¿quién es?

Y el espejo respondió:

La que nunca se despeina:
la reina.

Negranieve volvió a preguntar:

Espejito que me ves,
dime, ¿y después?

Y el espejo respondió:

La que la leche no bebe:
Negranieve.

—¿Ves, Mudy? La reina es feliz siendo la más hermosa y yo no siéndolo. Así no hay problemas. Ella se ahorra disfrazarse y darse grandes caminatas, y yo me ahorro que me envenenen. Por eso somos felices.

—¡Por eso somos felices! —corearon los siete gigantes.

Mudy carraspeó. El dedo índice de su mano izquierda presionó el puente de oro de sus gafas.

—Eso está muy bien —dijo—, pero de esta forma nunca vendrá el príncipe.

—¡Nunca vendrá el príncipe! —gritaron los siete gigantes.

Negranieve pareció preocuparse:

—Es verdad. No se me había ocurrido.

Mudy brindó la solución:

—Claro que podías arreglarlo enviándole una invitación para que viniera a merendar.

—Es verdad. No se me había ocurrido —repitió Negranieve. Y añadió: —¿Quieres llevarle tú la invitación? Lo malo es que le guste el cordero asado, el pollo en pepitoria o el besugo al horno.

—¿Por qué?

—Porque nosotros no comemos animales. Sólo quesos, frutas, dulces...

—Eso al príncipe no le importa.

—¿Tú lo conoces, Mudy?

—No, pero lo sé.

—Ella sabe lo que sabe —sentenció Bartaclamalcatrab—. Si llegara a saber lo que no sabe, sabría más de lo que sabe;

pero como no sabe sino lo que sabe, no sabe lo que no sabe.

Los seis gigantes asintieron, y Negra-nieve propuso un brindis con una barra de orozú:

—Brindemos por el cazador.

—¡Por el cazador! —corearon los siete gigantes.

—¡Y por el cachorro de jabalí —volvieron a corear. Mudy buscaba por la mesa su barra de orozú, cuando se encontró sentada al pie del sauce, junto al que desfilaba, ahora río abajo, la pluma negra de mamá pata y los suyos.

El ogro sordo

Le dio rabia. A Mudy le dio rabia que, en pleno brindis, desaparecieran los siete gigantes y Negranieve y el castillo de mármol negro. Así que como oyera al pájaro cantar, otra vez, o todavía, volvió a sumergir las manos en el agua, y a cruzar al corredor azul. Mas, en lugar del campo de girasoles, halló una ancha playa, sobre la que las olas remansaban sin tregua, en un juego de espumas al que se sumaban las gaviotas. Encima de una roca, de cara al mar, estaba un extraño ser, no más alto que Mudy, envuelto en una túnica verde; el viento removía su ropaje, pero él parecía no darse cuenta, ensimismado en la contemplación del horizonte. Mudy le saludó con alborozo:

—¡Eh! Buenos días.

—¿Qué dices?

—¡Buenos días!

—No oigo nada.

—¿Cómo estás?

—¿Qué dices?

Mudy gritó con fuerza:

—¿Cómo estás?

—Sordo. Pero no grites tanto, que no soy sordo. Además, a un ogro no se le grita.

A Mudy le entró risa:

—¿Tú, un ogro? Los ogros son muy altos y tú eres más o menos como el enano amarillo.

—No sé quién es el enano amarillo, ni sé quién eres tú.

—Me llamo Mudy. ¿Y tú?

—Yo, no.

—¿Por qué no bajas de ahí?

—¿Qué dices?

Mudy se cruzó de brazos y observó al

ogro sordo con detención. Comprobó que
no tenía cejas ni pestañas, que sus ojos
eran redondos y giraban
a gran velocidad, que su
nariz y su boca eran
pequeñísimas; las orejas
no se le veían,
pues las llevaba
cubiertas con
una especie
de casquete,
verde también.
Le oyó decir:

—Bajaré de aquí, antes de que se te antoje a ti subir. —Bajó de la roca y se colocó junto a Mudy—: ¿Cómo estás?

—No sorda.

—Claro. Si tuvieras un casquete como el mío, no dirías eso.

—Quítatelo.

—Entonces lo oiría todo. Y ya no sería el ogro sordo. Sería el ogro no sordo, y ése es otro, no yo.

Se oyó la sirena de un barco y el ogro miró su reloj.

—Son las veintinueve. Hoy va con retraso. Y el puerto lo cierran a las treinta. Lo mejor será que tome la infusión de todabuena. ¿Me acompañas?

Mudy aceptó. El ogro alzó la roca y descendió por una escalera de caracoles, seguido de su invitada. Mudy reconoció el salón en el que se detuvieron: los cuadros, los sillones, la consola, el piano, todo azuleante; y el cuadro de la abuela, con la jaula, el ratoncillo y el racimo de uvas. Pero el pez-antorcha no estaba. El ogro se acercó a una planta de flores amarillas y bayas negruzcas, y arrancó un puñado.

—¿Tú quieres todabuena? —preguntó a Mudy.

—No, gracias.

—Entonces te haré un regalo.

El ogro puso en la mano de Mudy un hueso de cereza.

—Muchas gracias. Pero ¿qué puedo hacer con esto?

—Regalárselo al picogordo. Por cierto, mientras que hiervo el agua para la infusión, ¿te gustaría tocar una mazurka para mí en ese piano?

—¿Una qué?

—Es una lástima que no sepas. Me encantan las mazurkas.

—Al pez-antorcha le encantan los nocturnos.

—¿Qué dices?

Mudy comprendió que cuando el ogro se acordaba de su sordera era imposible dialogar con él. Así que guardó silencio.

—Siéntate ahí —le ordenó el ogro, y Mudy tomó asiento en un sillón de terciopelo azul, con ribetes de oro.

—Es un sillón precioso.

—Me lo regaló el baicural.

—¿Eres amigo del baicural?

—¿Qué dices?

De improviso, el ogro olfateó el aire.

—Huelo a carne humana. ¿No habrá aquí por casualidad algún ser humano?

Mudy empezó a desconfiar. Al ogro le habían crecido repentinamente los colmillos y husmeaba por los rincones, como un perdiguero. Mudy le advirtió:

—La infusión de todabuena está hirviendo.

—Uf, la había olvidado. —Y fue hacia el fuego.

Mudy descendió del sillón y anduvo hacia la puerta número 1; pero ésta no se abría. Lo intentó con la número 2 y el resultado fue el mismo. Antes de que pudiera acercarse a la número 3, regresó el ogro. De la habitación contigua le llegó una voz preciosa, una canción dulcísima.

—Es la sirena. —aclaró el ogro.

—¿La del barco?

—No, la otra. Mírala.

Mudy miró por un ventano abierto en la pared y vio una especie de piscina plateada en la que nadaba una sirena de ojos azules; era ella la que cantaba, acompañándose de una lira.

—Van a dar las treinta. Y yo sigo oliendo a carne humana.

—A las treinta se cierra el corredor azul, ¿verdad?

—¿Qué dices?

Mudy no lo pensó dos veces. De un salto alcanzó la puerta número 3 e hizo girar el picaporte, que cedió. Cerró tras de sí, y echó a correr por el mullido pasadizo, mientras a sus oídos llegaban las campanadas del reloj. Cuando sonó la trigésima, estaba ya bajo las ramas del sauce, sofocada, jadeante y feliz.

Los trombos de
la Selva Dorada

A Mudy, el peligro de su última aventura no le apagó el deseo de adentrarse de nuevo por el corredor azul. Así que, en cuanto halló la ocasión propicia, volvió a hacerlo. Esta vez vino a parar a un paraje encantador, a una poblada selva en la que parecía haberse detenido el otoño. Todo —troncos, ramajes, hierbas, plantas, flores— tenía color de oro. En un indicador podía leerse: «A la Selva Dorada». Mudy echó a andar, embobada, embebida, curioseando cada rincón, cada recodo.

Un ser pequeñito le salió al paso. No levantaría más de una cuarta; sus ojillos eran vivaces, sus orejas, grandes y encarnadas, punteadas de negro, como el coselete de las mariquitas, y una barba rubia le llegaba hasta los pies, calzados con zuecos de madera; en la cabeza lucía una gran boina de color violeta, rematada por un cascabel tintineante.

—¡Un gnomo! —exclamó Mudy con alborozo.

—Soy un trompo, soy un trombo —dijo el hombrecillo, un poco irritado.

—¿Un trompo o un trombo?

—No me enfundes, no me enfades —gritó, golpeando el suelo con el pie derecho—. Soy un tronco, soy un trombo. Quede cloro, quede claro.

Mudy observó que de la espalda del hombrecillo surgía sólo un ala. Le preguntó, sonriendo, tratando de tranquilizarle:

—¿Vuelas?

—Nunca vuelvo, nunca vuelo.

—¿Cómo te llamas?

—A la segunda, Ala Segunda.

—Yo soy Mudy. ¿Cómo estás?

—Ya mujer, ya mejor.

—¿Hay muchos trombos en esta selva?

—Dos saltamontes, dos solamente.

—¿Cómo se llama el otro?

—A la primera, Ala Primera. Es mi anzuelo, es mi abuelo.

—¿Y dónde está?

—Viejolindo, vigilando.

—¿A quién?

—A los alamines, a los animales.

—¿Hay animales aquí?

—¿En esta silva, en esta selva? Machos, muchos.

—¿Y hembras?

—También hombres, también hembras.

—¿Hombres también?

—¿Qué dosis, qué dices? Aquí nunca hubo hambres, aquí nunca hubo hombres.

—¿Podría ver a los animales?

—Puedes serlo, puedes verlos. Ven contigo, ven conmigo.

El trombo echó a andar por un senderillo de arena y Mudy le siguió. Grandes helechos, que a ella le llegaban por la cintura, ocultaban a su guía, que caminaba muy aprisa. Ascendieron un montecillo y desembocaron en una pequeña explanada, en cuyo extremo había una especie de balcón. Sentado en su baranda, Mudy descubrió otro trombo; estaba de espaldas, y su ala única se movía rítmicamente. Ala Segunda se detuvo de golpe.

—Es mi orzuelo, es mi abuelo. Yo me escupo, yo me escapo —dijo, y se esfumó.

Mudy se acercó al trombo:

—¡Hola!

El trombo se volvió, turbado.

—Me has asustado, niña. ¿Hacia dónde navegas?

Mudy observó que Ala Primera llevaba un gorro marinero, en lugar de la boina cascabelera de Ala Segunda. En torno a la cintura le daba varias vueltas la gruesa cadena plateada que Mudy contemplara un día en el cuello de Pedro.

—Vengo a ver los animales.

—Entonces, gira un poco a babor, y sígueme.

El trombo anduvo hacia la izquierda y se aproximó a otra balconada:

—Acércate a la proa, niña.

Mudy se asomó al pretil y distinguió un trozo de selva más apacible y más bello. Arboles y plantas parecían tallados en oro fino, y sus ramas y sus hojas formaban atrevidas combinaciones, sutiles dibujos.

—No hagas ruido, niña. Dentro de un momento van a cruzar hacia el arroyo. Es la hora de beber.

Mudy guardó silencio, y a poco comenzó el desfile. El trombo abuelo hablaba en voz baja:

—Ese, de cuerpo de ardilla y cabeza de ánade, es el tiorvo; en sus ojos se ven girar las constelaciones. Ese, cola de serpiente, cabeza de caballo, alas y garras, es el dragón, oye por los cuernos, porque no tiene orejas; la perla-sol que lleva al cuello es la de su poder: lo pierde si la pierde. Ese cerdo negro de dos cabezas es el ping-feng; habita en el País del Agua Mágica, pero pasa los veranos en la Selva Dorada; es muy amigo de la liebre lunar, que es de jade y conoce el elixir de la inmortalidad. Siempre van juntos. Ese pájaro de una sola pata es el shang yang; trae consigo la lluvia, habla en chino y le gustan las nueces verdes. Esa zancuda, con pico de cristal y sin ojos, es la cualáh, hija de un mirlo del Tibet y una pantera celeste; por las noches aúlla como un lobo. Ese búfalo que baja la cabeza, y que tiene la pelambre larga y dura y el color del carbón, es el catoblepas; nadie puede mirarlo de frente, ni él puede mirar a nadie; sus ojos arrasan. Ese gigantesco león rojo, con rostro humano y tres filas de dientes, es el mantícora; habla con voz de flauta y de trompeta. Esa especie de jirafa rosa...

El trombo se interrumpió. Se oía un rumor creciente, un galope desesperado. En un instante, los animales desaparecieron.

—Hay que esconderse. Es el Gran Cazador Solo. Viene persiguiendo al unicornio.

—¿Y por qué hay que esconderse? —preguntó Mudy.

—Porque puede ocurrir cualquier cosa. Es fuerte como un elefante y feroz como un tigre. Regresa cada ciento trece años y no se sabe nunca qué humor va a traer. Si pudiera volar...

—¿Y por qué no puedes?

—Porque tengo un ala nada más. Sólo cuando Ala Segunda me da la mano podemos remontarnos en el aire. Y ahora estamos disgustados. Ayúdame a mover el timón.

—¿Por qué estáis disgustados?

—Me comí sus fresas.

De súbito, irrumpió Ala Segunda. Temblaba.

—Viene el Gran Catador Lolo, el Gran Cazador Solo.

—Lo hemos oído.

—Creo que debemos asar los peces, hacer las paces.

—Sea —dijo el trombo abuelo. Sus manos se unieron y sus alas empezaron a agitarse.

—Escóndete, Mudy. Y mucha suerte —gritó Ala Primera.

—Pinta a Silvia, ponte a salvo —gritó Ala Segunda.

Y salieron disparados en vertical, perdiéndose tras unas olmas copudas.

El Gran Cazador Solo

«*Tú que cabalgas, a tu izquierda dunas
y a la derecha tamarindos,
hacia Nayd...*»
Ar-Rusafi

Por el lugar que acababan de abandonar los trombos, en tromba, trompa en mano, cruzó el Gran Cazador Solo. Pero sólo unos metros después tiró de las riendas de su yegua sudorosa y se detuvo. Incorporado sobre los estribos, oteaba y olfateaba el lugar, cuando Mudy se le puso delante. La yegua dio un respingo y a punto estuvo de desmontar a su dueño.

—¿Quién osa...? —comenzó a decir, pero Mudy le interrumpió:

—No soy una osa. Soy Mudy.

—¿Quién mudy salir a mi paso? —atinó a preguntar, rojo de ira, el jinete.

—Se está poniendo rojo, señor.

—¿Eres tú por casualidad la hija de Brunilda o la sobrina nieta de la doncella de Orleáns?

—Ya le he dicho quién soy, señor: Mudy. ¿Y usted?

—Sólo Solo. Casi nada. Supongo que estarás aterrorizada, aunque no te veo temblar.

—No estoy temblando, señor. Ni tampoco aterrorizada.

—Es muy raro. La última vez que nos vimos, el miedo te impedía hablar. ¿Eres tú por casualidad María Delicada o la tejedora de sueños? De todos modos, seas quien seas, lo que necesito es que me digas dónde se encuentra el unicornio.

—No lo sé, pero si lo supiera creo que no se lo diría.

—¿Cómo osas…?

—Y dale.

—Por tu forma de hablar pareces de

otra tierra. ¿Eres tú por casualidad Lucila Montesclaros o María Chucena, la que techa su choza y techa la ajena?

—Ni techo mi choza ni techo la ajena. Esto seguramente se lo ha enseñado a usted Dora.

—Dora, no. Isadora, la baronesa.

—¿Esa?

—Esa. Y quiero que sepa que me estoy impacientando.

—Debe desimpacientarse, señor.

La yegua agitó su larga cola. El Gran Cazador Solo palmeó su cuello.

—¿No sientes algo así como un frescor azul? —dijo.

Mudy, sin responder ni dejar de mirarle, se sentó sobre las raíces de una araucaria. En ese momento apareció, tímido, el unicornio y se acogió a su regazo. El Gran Cazador Solo aprestó su lanza. El caballito blanco de patas de antílope y retorcido cuerno en la frente, miró a Mudy con sus ojos zarcos, en los que brillaba una lágrima.

—Puede seguir su camino, señor. El unicornio está conmigo.

Fue entonces cuando asomó la llama. Mudy recordó haberla visto antes, justo el día en que conociera al baicural, junto a la cigüeña, la liebre y el guepardo; pero ahora la llama traía sobre su cabeza una tea encendida.

—Me llaman —dijo el Gran Cazador Solo.

—¿Quién? —preguntó Mudy, que no había oído nada.

—Me llama la llama de la llama —susurró el jinete. Y era verdad. Del copete encendido que el animal recién llegado sostenía sobre su cabeza, salía una vocecita que repetía *Ven, Ven, Ven.*

—Me voy, pero regresaré. Dentro de ciento trece años, regresaré, sí. Y entonces no tendré piedad.

El Gran Cazador Solo rozó con las espuelas los ijares de su cabalgadura y reinició la marcha. Aún se volvió, para preguntar a Mudy:

—¿Eres tú por casualidad Genoveva de Aspers o Alicia Siwel?

—Yo soy Mudy, señor.

—Camino de Nayd, entre las dunas y los tamarindos, construiré con tu nombre una cometa y la dejaré volar sobre las azoteas y los minaretes.

—Le quedaré muy agradecida, señor.

El Gran Cazador Solo hizo sonar su trompa y se lanzó al galope. Mudy acariciaba el cuerno tricolor del unicornio, cuando se encontró al pie del sauce, la piña entre las manos. Y respiró tranquila, aunque con una pizca de nostalgia.

La cabaña vacía

En días sucesivos, Mudy volvió en varias ocasiones al corredor azul. Así vivió la aventura de los espejos rectangulares, conoció a la avestruz mecánica, a Boto el capataz, a Birkique el acróbata y a la codorniz submarinista, hizo amistad con la doncella senegalesa, se extravió en el laberinto de las madejas de lana y consiguió apagar de un soplo las velas del gran pastel de cumpleaños que prepararon para ellas las bailas de aletas encarnadas. Pero, con tanto ajetreo Mudy se había olvidado de Pedro. Lo recordó de pronto, cuando jugaba con su piña de plata, y, sin pensarlo dos veces, se dirigió en su busca.

La puerta de la cabaña estaba entreabierta y Mudy la empujó y entró. Contuvo una exclamación de asombro: la cama, muy bien hecha, lucía una bella colcha rameada y un almohadón de volantes; ollas, cacerolas, peroles, hachas, tazas, aparecían lavados y alineados con cuidado, y banco, mesa y chimenea brillaban, pulidos. No había una mota de polvo. En la repisa donde un día descubriera la piña, había una nota escrita con tinta verde: «Querida Mudy: He tenido que marcharme muy lejos. Siento no haber podido decirle adiós. Espero que me recuerde y deseo que sea usted muy feliz. Pedro».

Mudy se sentó en el banco, se quitó las gafas y empezó a llorar. Se creía culpable de su marcha, creía que su desafecto había provocado la decisión de Pedro de abandonarla para siempre. Tomó de nuevo la nota y vio cómo a medida que las releía, las palabras iban desapareciendo. Entonces reparó en el silbato. Pedro lo había dejado para ella en la misma repisa, junto con su despedida. Mudy se secó las lágrimas, se ajustó las gafas y sopló. Y a partir de ese momento no supo ya si era la chifla o era ella o era Pedro o era el pájaro del agua quien decía su canción maravillosa, cálida y consoladora.

Así, consolada, regresó. Y al llegar a la casona, vio detenido junto a la verja el auto grande.

—¡Oh, es papá! —exclamó, y corrió a través del jardín gritando: «¡Hola!» «¡Hola!». La puerta se abrió, y el padre de Mudy apareció sonriente. Mudy saltó a sus brazos y, entonces, vio a su espalda el rostro de su madre.

—¡Mamá!

La abuela hacía pucheros en un rincón y Dora y Marta estaban a punto de hacerlos también.

—Ahora todo irá bien, hija —le dijo su padre—. Hemos venido para llevarte con nosotros. Nos quedaremos con la abuela todo el fin de semana y el lunes regresaremos a casa.

Emocionada, Mudy subió a su habitación. Hacía tiempo que no se sentía tan contenta y, al mismo tiempo le daba una gran tristeza dejar a la abuela, dejar a Dora y a Marta e incluso a Abel, dejar la casona, dejar su habitación, dejar el sauce y el río y el corredor azul. Sacó del bolsillo el silbato y la piña y los depositó sobre la cama. Pensó con ternura en Pedro, en la cabaña tan limpia —«¿quién lo habrá hecho?», «¿él solo?»—, en el pez-antorcha, en el baicural, en Alicia Siwel y el enano amarillo, y en la flor del trabalenguas, que nunca llegara a manos de la abuela. Todo volvería a ser igual cuando retornara a su casa de la ciudad, pero nada volvería a ser igual ya nunca.

Se lavó las manos, se alisó el pelo y bajó a comer. Sus padres charlaban animadamente con la abuela, que había olvidado el llanto y reía. Mudy se fue a su regazo y abrazó a la anciana.

—Mudy —dijo su padre—, hemos abierto una botella de champán y queremos que brindes con nosotros.

—¿Sin comer?

—Sin comer.

Burbujeó el champán en las cuatro copas, que chocaron con claro son. Mudy notó en la nariz un agradable remusguillo, al tiempo que el líquido dorado bajaba por su garganta y le hacía cosquillas en el estómago, como el café de Pedro, pero de otra forma.

El otro corredor azul

«... un corredor que va de ningunaparte
a ningunlado.»
Octavio Paz

La partida había quedado fijada para el lunes a las doce. Mudy madrugó ese día, y bajó al río. Extrajo la piña de plata y acercó el silbato a los labios. Pero antes de que hubiera soplado, el pájaro del agua comenzó a cantar y a encantar. Sonaba más dulce que el primer día, más melancólico. Mudy hundió las manos en el agua, lentamente, y el agua se abrió una vez más, dejando ante la niña, propicio, el corredor azul.

Mudy conocía bien la sensación esponjosa de aquel suelo, de aquellas paredes. Pero cuando llevaba andando un buen rato, se encontró en el mismo sitio de donde partiera; probó de nuevo a caminar, segura de desembocar en un lugar impensado, como cada vez que lo intentara: pero tornó a su origen. Entonces vio venir a buen paso al corredor azul: piel, ropa, sandalias eran de ese solo color, y Mudy recordó al enano amarillo, antes de preguntar:

—¿Quién eres?

—Soy el corredor azul.

—¿Este? —dijo Mudy, y pisó el suelo, y palpó las paredes.

—No, el otro, el no quieto.

—¿Y adónde te diriges?

—Soy un corredor que va de ningunaparte a ningunlado.

—¿Y llegas?

—Nunca.

—Yo, tampoco —dijo Mudy, desalentada. El corredor azul daba saltitos en el suelo, como si no quisiera perder el ritmo, la forma. Dijo:

—Sí llegarás, pero no por este camino. El tuyo es ahora otro.

Mudy le miró con atención. Era alto y espigado, y de su frente resbalaba un sudor azul, aunque mantenía regular la respiración y no parecía fatigado en exceso.

—Debo seguir —añadió.

—Te deseo mucha suerte —respondió Mudy.

—Yo siempre la tengo. Eres tú quien la necesita.

—¿Yo?

Pero el corredor azul se alejaba velozmente, los codos a la altura del pecho, con unas zancadas regulares, exactas.

Junto al sauce, Mudy presionó el puente de sus gafas con el índice de la mano izquierda, y pensó. La piña de plata rodó por la orilla y cayó —¡cloc!— al agua; flotó unos instantes y se hundió, perdiéndose de vista; Mudy sacó el silbato del bolsillo y lo dejó también caer: y el agua pareció deglutirlo, con un gorgoriteo. Entonces, desde la roca rajada, voló majestuoso, invisible, visible, musical, silencioso, el pájaro del agua. Y desapareció cielo arriba.

Mudy regresó y fue despidiéndose de cada cosa y cada persona de la casa: sintió escalofríos al dejar su habitación y al abrazar a Dora y a Marta, e incluso cuando dio la mano a Abel, el jardinero, que estuvo muy cortés y se quitó la colilla de puro de los labios para decirle adiós. Ya sus padres en el coche, Mudy abrazó a la abuela:

—Ahora eres tú la que tienes que ir a visitarme, abuela.

—Mira qué bien —dijo la anciana, y las dos rieron, sin querer romper el abrazo.

Luego, el coche enfiló hacia la cancela del jardín, que Abel mantenía abierta. Mudy, el rostro pegado al cristal trasero, vio alejarse la casona, y así permaneció hasta que se le empañaron las gafas y todo se volvió muy claro y a la vez muy turbio, como si se reflejase en el viejo espejo manchado del País de las Lágrimas.

Índice